Lili B Brown

**Catalogage avant publication de Bibliothèque et
Archives nationales du Québec et Bibliothèque et Archives Canada**

Rippin, Sally

Lili B Brown : ma 2e meilleure amie

Traduction : The second-best friend.

Pour enfants de 6 ans et plus.

ISBN 978-2-7625-9111-8

I. Fukuoka, Aki. II. Rouleau, Geneviève, 1960- .
III. Titre. II. Titre : Lili B Brown : ma deuxième meilleure amie.

PZ23.R56Lim 2011   j823'.914   C2010-942306-2

Titre original :
Billie B Brown
Ma 2e meilleure amie (The Second-best Friend)
publié avec la permission de Hardie Grant Egmont

Version française
© Les éditions Héritage inc. 2011
Traduction de Geneviève Rouleau
Conception et design de Stephanie Spartels
Illustrations de Aki Fukuoka

Nous reconnaissons l'aide financière du gouvernement du Canada
par l'entremise du Fonds du livre Canada (FLC) pour nos activités d'édition.

Nous reconnaissons l'aide financière du gouvernement du Québec par l'entremise du
Programme de crédit d'impôt pour l'édition de livres – SODEC.

Dépôts légaux : 1er trimestre 2011
Bibliothèque nationale du Québec
Bibliothèque nationale du Canada

ISBN : 978-2-7625-9111-8

Les éditions Héritage inc.
300, rue Arran, Saint-Lambert (Québec) J4R 1K5
Téléphone : 514 875-0327 — Télécopieur : 450 672-5448
Courriel : information@editionsheritage.com

Lili B Brown

Ma deuxième meilleure amie

Texte : Sally Rippin

Illustrations : Aki Fukuoka

Traduction : Geneviève Rouleau

Héritage jeunesse

Chapitre un

Lili B Brown a six crayons scintillants, trois ampoules sur ses mains et un meilleur ami. Sais-tu ce que veut dire le « B » dans « Lili B Brown » ?

Best... pour **meilleure** amie.

Le meilleur ami de Lili est Thomas. Sais-tu quand Lili et Thomas sont devenus amis? Quand ils étaient bébés. Lili et Thomas sont maintenant grands et vont à l'école. Tous les jours, ils marchent ensemble jusqu'à l'école.

Trois ampoules

Six crayons
scintillants

3

Tous les jours, ils reviennent
à la maison ensemble.
Tous les jours, ils s'assoient
côte à côte, en classe.

Aujourd'hui, Lili a décidé
d'apporter ses nouveaux
crayons à l'école.

Thomas a donné des crayons scintillants à Lili, pour son anniversaire. Les crayons écrivent avec de l'encre scintillante et ont une odeur de fruits. Lili les adore.

Elle les dépose sur sa table.

Lili prend un crayon rose et enlève le capuchon.

Aussitôt, une odeur de fraise flotte dans la classe.

«Hum, dit madame Aurélie,

en plissant le nez.

Quelqu'un est-il en train de

manger?»

Dans la classe, tout le monde arrête de travailler et regarde autour. Lili replace vite le capuchon sur son crayon. Elle a **peur** d'avoir des ennuis. «Lili? demande madame Aurélie, en fronçant les sourcils. As-tu apporté des sucettes à l'école?»

«Non! répond aussitôt Lili.

C'est mon crayon scintillant.»

«Oh! fait madame Aurélie,

en souriant. Oh là là!

Ça sent fort, n'est-ce pas?»

«Est-ce que je peux le

voir?» demande Léa, en se

levant de sa chaise.

«Moi aussi!» lance Camille,

assise à côté de Léa.

«Bon, les filles, dit madame Aurélie, assoyez-vous. Vous pourrez voir les crayons de Lili à l'heure du dîner.» Lili est **TROP** fière. Elle regarde Thomas. Il lui sourit.

Au son de la cloche, les filles entourent Lili pour voir ses nouveaux crayons.

« Où les as-tu achetés ? » demande Lola.

« Thomas me les a offerts, répond Lili. Pour mon anniversaire. » « Oh, Thomas ! lance Lola, pour taquiner Lili. Ton *amourrrreux* ! »

«Thomas n'est pas mon amoureux, réplique Lili, maussade. C'est ridicule!»

«Oui, c'est ton petit ami, insiste Lola, en souriant.

C'est un garçon et il est ton ami. C'est donc ton *petit ami*. » Les autres filles ont le fou rire. Lili leur fait les gros yeux. Parfois, Lola et ses amies peuvent être tellement assommantes !

Chapitre deux

Lili et Thomas se dirigent vers le module de jeu.

Ils grimpent jusqu'en haut pour dîner. Après avoir mangé leur lunch, ils s'exercent à rester suspendus

la tête en bas pour savoir qui
restera dans cette position le
plus longtemps. La cloche
sonne. Lili et Thomas courent
vers l'école.

Juste à ce moment-là,

Laurence rejoint Lili.

Laurence est dans la même

classe que Thomas et Lili. Elle

a de longues tresses brillantes

avec des rubans noués dedans.

Lili aimerait **TROP** avoir

de longues tresses brillantes,

comme celles de Laurence.

Lili s'arrête. Thomas

continue de courir.

Laurence tient

quelque chose dans

ses mains. C'est un

petit poney mauve.

Lili est un petit peu **jalouse**.

C'est toujours Laurence qui a

les jouets les plus fantastiques

à présenter devant la classe.

«Beau poney», dit Lili.

«Merci, répond Laurence.

Veux-tu le prendre?»

Lili tend la main. Laurence

lui donne le poney. «Il est

vraiment beau.» Lili aimerait

TROP avoir un poney

comme celui-là.

«Veux-tu l'échanger ?
propose Laurence.
Tes crayons contre mon
poney ?» «Oh !» dit Lili.
Elle ne sait pas quoi
faire. Elle aime vraiment
beaucoup le poney mauve.
Mais les crayons sont un
cadeau de Thomas. Serait-il
fâché si elle les échangeait ?

«Je ne sais pas», dit Lili.

Ses idées sont embrouillées.

«Tu peux aussi venir jouer

chez moi, dit Laurence.

J'ai plein d'autres poneys.

Et on pourrait te faire des

tresses, comme les miennes.»

Lili regarde le poney mauve.

Elle regarde les longues

tresses de Laurence.

Elle aimerait **TROP** avoir

le poney.

Elle aimerait **TROP** avoir
des cheveux comme ceux
de Laurence. Et surtout,
elle aimerait **TROP** devenir
l'amie de Laurence.

«Euh… d'accord!» répond
Lili. Elle remet les crayons à
Laurence et glisse le poney
dans sa poche.

Lili et Laurence retournent
en classe.

Lili est tellement **contente** qu'elle a l'impression d'avoir un petit poisson qui gigote dans son ventre.

Chapitre trois

À la fin de la journée,

Lili et Thomas marchent

ensemble vers la sortie.

Mais aujourd'hui, Laurence

est là. Elle attend Lili.

Les mamans de Laurence

et de Lili parlent ensemble.

«Allô, Lili! crie Laurence.

Ta mère dit que tu

peux venir chez moi.»

«Aujourd'hui?»

demande Lili.

«As-tu oublié

notre cabane?»

lui rappelle

Thomas.

«Lili n'est pas obligée de

toujours jouer avec toi»,

tranche Laurence.

Lili regarde Thomas.

Elle voit bien qu'il a l'air

contrarié, mais elle ne sait

pas quoi dire. Elle est **TROP**

excitée de savoir que

Laurence veut être son amie.

«On finira la cabane une autre fois, Thomas», dit–elle doucement. Thomas fronce les sourcils et fixe ses souliers de course.

«Viens, Lili, dit Laurence.

Ma mère nous attend!»

Lili suit Laurence dans la

voiture. Elle salue Thomas,

mais il fixe toujours le sol.

Lili et Laurence s'assoient

sur le siège arrière. Lili est

TROP excitée. Elle a

un nouveau poney et une

nouvelle amie.

Mais Lili se met à penser à Thomas et elle se sent **coupable.** Ce sentiment met son estomac tout à l'envers.

Chapitre quatre

Bientôt, elles arrivent chez Laurence. Elle habite dans une grosse maison blanche qui ressemble à un gâteau. Sa chambre est rose et mauve, et déborde de jouets.

Lili n'en a jamais vu autant.
Lili regarde Laurence sortir
les crayons scintillants de son
sac d'école et les déposer
sur son bureau. En voyant
les crayons, Lili sent son
estomac se serrer. Le papa
de Laurence a apporté des
gâteaux comme collation.
De petites binettes y sont
dessinées.

Les gâteaux sont sucrés et
moelleux, au contraire des
barres de céréales que fait la
maman de Lili.

«Prends-en un autre, Lili!»

lance la maman de Laurence.

Lili voudrait bien, mais

elle ressent des sensations

bizarres dans son ventre.

Elle boit un peu de jus, mais

elle ne se sent pas mieux.

«Je ne me sens pas bien»,

dit Lili d'une petite voix.

«Oh là là! dit la maman
de Laurence, en posant sa
main sur le front de Lili.
Ce n'est pas grave. Je vais
te reconduire chez toi.
Veux-tu choisir un gâteau
et l'apporter?» La maman
de Laurence enveloppe le
gâteau dans une serviette de
papier rose.

«Les filles, montez chercher les choses de Lili », dit-elle.

Lili et Laurence montent à l'étage. Lili sait ce qu'elle doit faire pour se sentir mieux. Elle sort le petit poney de sa poche.

Même si c'est le plus joli poney qu'elle ait jamais eu,

elle sait qu'elle ne peut

pas le garder. Elle le tend à

Laurence.

«Je suis désolée, dit-elle.

Est-ce qu'on peut refaire

l'échange? Mon ami m'a

offert les crayons scintillants.

Il aura de la peine s'il apprend que je les ai donnés.» «Je sais pourquoi tu veux les reprendre, dit Laurence, en remettant les crayons à Lili. C'est un cadeau de ton *amourrreux*.» «Thomas n'est pas mon amoureux! répond Lili, furieuse. Il est mon ami.

Mon *meilleur* ami.

Le meilleur des meilleurs

amis du monde ! » Lili pense

à Thomas et sourit. « Il est

TROP drôle, il est habile

dans le module et il fait

de belles cabanes. Il peut

fabriquer une cabane juste

avec des branches et des

feuilles ! »

« Super ! lance Laurence.

Je n'ai pas la permission de
construire des cabanes dans
mon jardin. Maman dit que
ça met tout en désordre.»

«Tu pourrais venir chez
moi et jouer dans la nôtre
alors, dit Lili, en souriant.
Je suis certaine que Thomas
accepterait. Il y a beaucoup
de place!»

« Pour vrai ? Merci, Lili ! »

dit Laurence. « Lili ? crie la

maman de Laurence.

Es-tu prête ? »

«J'arrive!» répond Lili.

Elle prend son sac d'école

et met les crayons dans la

pochette avant.

«Attends! dit Laurence,

en prenant la main de Lili.

Garde le poney.»

«Pourquoi? demande Lili,

inquiète. Tu ne veux pas

refaire l'échange?»

« Ce n'est pas ça.

J'ai beaucoup de crayons,

dit Laurence. J'ai aussi de

nombreux poneys.

Mais je n'ai pas d'amie

comme toi, Lili. Garde le

poney. » « Merci ! » dit Lili,

tout **heureuse.** Puis, il lui

vient une idée. « Peut-être

pourrions-nous devenir les

2es meilleures amies ? »

«Super! crie Laurence.

Ça me plaît!» «À moi aussi»,

dit Lili.

Laurence et Lili descendent
en courant. La maman
de Laurence démarre la
voiture. Laurence salue Lili.
Lili s'adosse contre le siège
arrière. Son ventre ne lui fait
plus aussi mal, maintenant.
Elle sort la serviette de
papier de sa poche et déballe
le petit gâteau.

Le gâteau est un peu écrasé,

mais elle sait **TROP** bien que

Thomas va se régaler.